我带来的消息

陈燕菲　著

长江出版传媒　长江文艺出版社

图书在版编目（CIP）数据

我带来的消息 / 陈燕菲著. -- 武汉 ： 长江文艺出版社，2024. 11. -- ISBN 978-7-5702-3753-1

Ⅰ．I227

中国国家版本馆 CIP 数据核字第 2024FY7810 号

我带来的消息

WO DAILAI DE XIAOXI

责任编辑：杜东辉　　　　　　　　　责任校对：程华清
封面设计：水墨方　　　　　　　　　责任印制：邱　莉　王光兴

出版：长江出版传媒　长江文艺出版社
地址：武汉市雄楚大街 268 号　　　　邮编：430070
发行：长江文艺出版社
http://www.cjlap.com
印刷：湖北新华印务有限公司

开本：880 毫米×1230 毫米　　　1/32　　印张：4.375
版次：2024 年 11 月第 1 版　　　　2024 年 11 月第 1 次印刷
行数：2466 行

定价：58.00 元

目　录

伦敦不在了,巴黎也不在了

风从脚底灌进胸口

粉色水包裹着干瘪的皮吞吐出呜咽的气息

层层坠落的记忆在顶端相互拉扯

手伸进滚烫中已是毫无反应

人们总是习惯在午夜留下狂欢

碎裂的杯盘散落一地

在道路两端排开

一端再也走不向另一端

古老的悲伤还在试图用哭泣打动人

真情失去了理智

露出偷盗者尖刻的模样

伦敦已经不在了,巴黎也不在了

天空与土地的相会再次被宣告终止

河水仍在流淌

善良的心还在与谎言进行着较量

弥散于灵魂和灵魂之间

远方的鸽子啊,是你的羽毛沾染了灰色印记

不必留恋任何一块碎片

飞远是你唯一的选择

这绝不是一次自我的欣赏,更不是一次彼此的救赎

灯光在逐渐消失

伦敦不在了,巴黎也真的不在了

树的真诚

请相信一棵树的真诚

坚韧又挺拔

那是多少场疾风暴雨赐予它的过人之处

快乐之后

我可能不需要永久的快乐

我也可能再不能为你带去永久的快乐

现在我坠落了,重新收回理智

偶然闪现的孤岛从没有为我留下印记

你的奋不顾身并不是什么笑话

我该如何为你解脱

太阳吞噬掉黑色的力量

把最后一点勇气晒干,流淌出深色液体

转眼,我在绿色丛林中迷失了方向

这里奏演着我根本听不懂的音乐

陌生又混乱

突如其来的盛宴，我却被隔绝在外

灯光照向众人的脸

桌面摆满无人使用的白色瓷盘

或许我应该表现出无边的兴趣证明自己的存在

又或在音乐结束前早早离开

第一千零一个夜晚

我日思夜想的你,何时才能听到我的呼唤

珍珠是藏不住眼泪的

在第一千零一个夜晚落入海里

灯光欺瞒了所有人

在无人街道表演失魂落魄的古怪角色

答案可以出现在任何地方

花园里却始终容不下第二支玫瑰

来自愚人的嘲弄

路边的野狗重获追逐的自由

直至脚步声向我逼近

压倒一切,化作水和记忆

囚禁在此的土地,请求释放多余的气体

如同无法被追回的时间

包裹着冷静

你挥舞着刀剑,弯腰递上罪状

句句属实

在过去的三十年,勇敢的人在冰雪里死去

只留下我,在第一千零一个夜晚

保持忠贞

那飞扬的落叶早已和枝头分身告别

你试图销毁白墙上燃烧过的印记不让我看见

一切都在未完成的对话中展开

我不再设想你是否愿意再次来到这片土地

我想我会在夜里哭泣

在松树下

在树林里

在蜡烛的火焰里

在发光的珍珠里

在河岸边紧紧跟随着你

我从没有在月亮面前起誓，我要对这片皎洁保持永久

的忠贞

我也从未在漆黑的深夜熄灭我曾获得的光亮

我要将这一切全部吞没,不再被人察觉

我的敲钟人

透过窗纱

我拖着沉重的身体走了很远

仍没有勇气在湿漉的街道凝望你

风要把你带走

却没有给过任何暗示

如果石头裂出缝来，那一定只是个巧合

你曾向我描述过关于舞台的记忆

不顾危险也要攀爬高梯赠予我红色苹果

遗憾我未曾照料好属于我的苹果

树林里的座椅空无一人

干枯的木柴燃烧起熊熊烈火，却没有了暖意

这些终将无法满足和被满足的希望变成冬日里的秘密

它们像大象弯曲的牙齿

粗壮、坚实

我的敲钟人,请在黎明前为我保持沉默!

午夜歌声

请再次原谅我的无能

曾经,我多么想为你留住迷人的香气

让愚昧的路人艳羡你的芬芳

美丽的花,你终究凋落得一败涂地

低头诉说自己的悲伤

但你是这样的善良

在犹豫过后只字未提

数个平静的日夜

我失言于对你的浇灌,渴望奋力补救

仍是无法挽回风吹雨打对你的日夜侵袭

我猜想,能否划燃最后一根火柴照亮你冰冷的躯干

可你早将湿透的双脚埋进干裂的沙漠，留下火辣的印

记

这一次

你忍受着灼伤出现在我面前

步子缓慢,轻柔

在日暮降临后,向我竭力展示你残存的希望

然而,午夜的歌声来自荒漠的郊外

直至与风互吐着苦难的衷情

沉没在水底的鱼

如果石头的秘密是永恒的

那它一定支撑不了太久

习惯在冷漠之后装作面无表情是你用来自我保护的姿
态

沉没在水底的鱼

不愿在细雨冷风中停留

急于探出粉嫩的脑袋

一个接着一个,相互追逐

这样一场爱恋的厮杀本该在平静中结束

怒火注视着水的影子

时而翻涌着爬上岸

只为获得一次短暂相见的机会

我所留恋的这里也不再清澈

沉默在水底的鱼

太阳正在冲洗你的身体,涤荡你的心

不置可否的喂养

是你儿时遗留的梦

妄想只会为彼此带来更多的伤害

沉没在水底的鱼

请带上石头的秘密一同沉默

游向更深的大海

春夏秋冬

过去的过去已不再是过去

镜子中看向你正在愈合的眼

闪着细长的睫毛布满红色血丝

我曾经以为我脚下的这片土地有着这世上绝无仅有的

松软

也曾幻想过在这片松软里与你纵情欢愉

临别

在山前种上一棵枣树

等待数个春夏秋冬

开花、结果

是的,在我失去记忆之前

我记得那双温热的手

曾按压住我跳动的心房

让我不再闪躲

可你却忘了秋天正在来去的路上

第七场梦

春天留下冬日冰冷的记忆搁浅在我的第七场梦里

我正贪婪地享受你曾为我留下的这片光亮

已是残破碎片,却仍旧夺目刺眼

我向往在黑夜的尽头听到鸟叫的声音

也甘愿为此努力,奉献我所有的热忱

我所珍视的,厌倦的,都在逐渐被遗忘

在空荡的城堡里

胜利者在吆喝声中离开

黑夜和白天糅合在一起

留下愚昧的告白

松树带来的浪漫不会太久

没有人可以获得永恒坠入梦境的机会

那是缠绕在梦中的细声呼喊

顷刻间被收回

只为你留下了第七场梦

无法哀怜

那些在我面前枯萎掉的花朵

让我无法产生哀怜

我曾因你手作的一件雕塑而着迷

雪白的肤色嵌入湿润的嘴唇,轮廓分明

在第十一天来临时

我坐在灯光下期待它的全部凋零

一片、两片、三片、许多片

我从不愿计算那些丢失掉的灵魂到底躲藏在哪个角落

里

已是与我毫无关联

樱桃树下无樱桃

我用愤怒来隐藏我的思念

那是多么卑劣又愚蠢啊

我从未对鲜红的果子动过真心

可见它并不会为我带来什么快乐

愚人的选择

我像一只无人认领的海鸥

踩在细软的砂砾中

面无表情地望向大海

海滩、狂风

席卷着岸边，留下黑影

是的，西班牙已经远去

在你用誓言堆砌的城堡里

在黎明前的车站穷追不舍是愚人的选择

此刻，车厢内鸦雀无声

滑过睡意的表层，人们四目相对

没有犬吠的吵闹和撕咬

他们在夜里相爱又在黎明前分开

等待一个久远的秘密

在漫长的夏季

关于忍受

你再次出现在我面前时

毫无掩饰

我们只是不腻烦地相互间凝视

我感受到你忍受疼痛,光着脚面在地板来回走动

细数彼此罪行累累的河流

控方证人的指摘是一张虚造声势的白纸

没人能够从中获得幸福

这不过是无法辨别出真相的事实

她礼貌拒绝后,倾斜着半截的身子

指着破了一道口的天空说出她从前未曾获得的快乐

由此我们判断,她所说的都只是些不作数的猜想

黄昏来到时

这张粗鄙的嘴脸摔倒在地,成功赢来了围观人群的注

意

他们穿越到一片空地上

嬉闹,欢腾

由此忘记自己是被苦难剥夺掉性命的幸存者

非真实善意

为什么镜子里的烛台闪着金色的光

我却一直不能看清你的脸

中世纪的女仆划燃手里最后一根火柴

把它交给不愿露脸的主人

这是一幢没有姓名的房子

我作为莽撞的闯入者随手捡起地上的玫瑰

她端着蜡烛举过头顶

穿一身黑色连帽袍子从阁楼的高空里朝我走来

直到拉开雪白的布帘

露出愚蠢又傲慢的姿态

天亮前

我们彼此交换了秘密

她终于答应我的请求

我也不再为此感到迟疑

向她吐露埋藏在树下的所有隐秘

那些本该收起的体面

在我看清楚她的脸之前变成了虚伪的善意

我愤恨这样的善意

打算把它们丢掉后再做逃跑

可我知道这善意是她最后出逃的勇气

于是,作为馈赠

我把这样的善意交还给她

沼泽怪人

你这样一个怪人

我认得你的样子,不是我的敲钟人

可你又是谁呢?

深陷泥沼之中的一双眼就这样盯住了我

让我哪儿也不得去

难道这就是你想要的吗?

我早就记不起你从前的样子

你从漩涡里爬出来叫唤我

清脆又嘶哑

你的声音我是辨得出的

但它离我实在是太远了,太远了

我不能为此作证从露台抛下的玫瑰是你丢下的

我也不愿再否认,我才是那个怪人

3.6

我一定是这个世上少有的、贪婪的人

我试图用尽身上所有的优雅去解救他们

掉进万丈深渊的你

穿着一身绿色袍子朝我走来又离开

我警告过你多次,远离审判者的指责吧

可你从不愿做一个软弱者

你说,那些珠光的可恨之处在于它们过分耀眼

好在它们都跟着夜里的船一路远行,直至消失在黑色
水面

我的柠檬树早已枯死的事实我还未曾告诉你

那不过是一场不值得遗憾的幸事

可我们最终也还是没有道别

柠檬树

我的柠檬树

你何时才能结出果子来

有谁知道热衷逻辑的

到底是哪个民族

权贵们发出的信号大都示意在他们脸上

有人看穿了事实的本意

摆出一副势在必得的样子

多年之后

那样的神情仍然记忆犹新

兜里这几个硬币实在买不起新鲜的奴隶们

宽厚的农场主挥起衣袖说"走吧，都走吧"

满目的慈悲不是他原有的相貌

每隔数个夜晚

窗边的金色鸟儿总在约定好的地方准时见面

一字不落地细数这些日子里带来的所有秘密

那是被深色烙铁烫伤过后假意镶在胳膊左侧的圆形印

记

在头顶明快的灯光下

关于这里的猜忌终将一笔勾销

柠檬树（二）

我的柠檬树

你再也结不出鲜亮的果子来

从前

为了从白色瓷盘里偷来解渴的水

贪婪的人们守了整整一夜

黎明前

他们双手落空回到山下

这从来不是一件值得被同情的事

那是在某日夜里被冻坏的双腿

不再笔直

紧紧裹着数条碎布缓慢挣扎

至此,敲钟人从神坛滑稽坠落

下落不明

柠檬树(三)

我的柠檬树

这次,你是真的枯死在这里了

无济于事的水,只是对你最后的哀怜

我知道你向来不需要这样的哀怜

你走吧

你走后,我也就不再期待长出的新枝了

实在找不出谁能替代你的说辞

当然,我也不会再对它们投入多余的宠爱

你活着的时候

听够了我说起来像假话的真话

谁又辨得出呢?

可你再不能结出果子成了这话里的真话

柠檬树（四）

我的柠檬树

你再次结出果子来

是一颗小小的,绿色的

我破坏了游戏里的规则,被迫让你出局

为此,我懊恼不已

可故事即将在这里结尾,成为埋进土里的肥料

杳无音讯

微笑者

灯光投射的那一小圈地方

是它本该有的光亮

冗长的绿纱布遮盖住他半张脸

有些面孔是从不知道微笑的

大概是谁将它惹怒

有人在风里放肆尖叫

路过的捂着嘴跑开

有人躲进划定好的圈内

再没能出来

留下的都只是在笑

国王宝座

当我回头时

它笔直挺拔地矗立在那

满面的轮廓被深色布条紧紧裹住

四只脚死死嵌住地面

不得动弹

从后座露出半截白色水管

喷洒出冰冷的雾气

在漫无目的中瑟瑟抖动

这显然是一次不可逾越的高度

我努力向上攀爬

不料被无情地摔倒在地

抬眼望去

明明是无人就座的位置

却被镶满了蓝色桂冠

那钻石冰冷闪耀

竟无一颗是我的

二月十四

那是十年前

还未洗净的双手

来回游走在未完成的石雕间

指缝分泌的油脂混合在这片泥塑里

翻滚流淌着

那是闪着光亮的

绵密浓稠如同新鲜的血液，红彤彤

反复降落的白雪掉落在这片土地里

一次次被堆砌得很高

掩住原本隐蔽着的脸

露出半点猜忌

早已推算出的日子

被一把扑倒在地

层层窥视

缓慢又急促地撕开

不料是那样一片皎若云间月

清澈见底

泛出微弱光亮

被捧起的脸也被看得更清楚了

我的干涸

倘若因为遗忘

你游向了对面的河岸

那么充满氢气的白色气球便不再是热气腾腾

时隔多年

神枪手的枪法依然不够精准

竟失手于一只硕大的苹果之间

那是不慎从病人口中落入的,逐渐腐烂的果子

正毫无意识地滚向记忆里一起去过的岸滩

却在突来的暴风雨之后

留下他们四目相对

不再被提起

无意义奢望

橙色的光

是我唯一热爱的

我的飞机昨夜在不知名岛坠毁了

样子悲壮又惨烈

我的木舟也早已沉入水底

包裹着肉屑的皮

跌落进深海里

那只停驻在我心里的鸟儿还没飞远

裸着半面的身子缱绻在最后一块冰面

祈求喝上一口救命的水

我和你总在奢望的那片森林

长满了红绿色的果子

山的那头唱起索尔维格之歌

在那次战争中被摧残的胳膊终究也失去了勇气

窗户

这里的人脸上都写着

我们是鬼

猴子也躲在树洞迟迟不愿出来

从前和现在长着一样的模样

你我都知道

这里没有一片土地是真正干净的

请你原谅

饥肠辘辘是它的本性

细数每一个月盈的日子

那是在天空挂起的残骸

与端口的风决心对抗是它唯一的选择

多余的理智

那晚

飞机坠落在不知名沙漠里

反复扎进我异形的梦

散落的碎片被独眼人悄悄带走

无心拼凑

我为此感到愤恨

决心死守住的秘密破了一小块洞

没有人预先告诉我它原有的模样

这显然不是一个有趣的玩笑

谁也没有讲故事的天赋

为此

我们找到整场事件的罪魁祸首

是理智

是理智让我们失去了信心

快乐是快乐的

快乐的一切都是快乐的

不够体面的

神经裸露在外的手指抽拉着声响

金色卷发的小男孩

蓝色眼睛是你的

在一次大雨中蔫掉的花苞如期而至

他在信中反复交代

不必为两年前的等待感到羞耻

字迹模糊,难以分辨出真假

黑夜也站在高台控诉这本不该错失的情感

时间才是这场喜剧里最终的布道者

可一再被强装欢笑的人们捷足先登

现在,到底是谁带来了新的希望

退缩在一段持续阴霾的日子里

纵身坠入这片欢乐

为了静默

为了遗忘

论浅色陶罐

桌上一片

毫无秩序

倒着的

立着的

碎掉的

只有这口罐

是浅色的

做作又深情

请你离开

请你离开

这次

请把黑色天鹅一并带走

白色羽毛留下给我

但我没有任何可以归还给你

请把贪恋留给曾经一起去过的广场

还有未拆封的信

全部交还给你

劣迹斑斑只属于我

这次

海德公园也再无椅坐

白色恐惧

你探过半截身子

只留下半只眼睛给我

我循着唯一光亮找回剩下的部分

这次

我终于把你看得清清楚楚

竟没有一丝狡诈!

干干净净

雪白如初

水的阴谋

半夜

风把岸上的人和树一同卷进了黑洞

费尽心思

只得听见它们缠绕模糊的声音

丁零咣啷

每一片树叶

每一块石头

都幸得躲避了这场毫无头绪的征伐

各自落入水里

不清不楚

可我的身后仍有一片海啊！

正午故事

日照的距离被天色推得越来越近

他的话语不多

却在禁闭的屋内保持一贯的呼吸

腱鞘的拇指击打起早已失修的键盘

音符在正午过后开始走向无序

随身一同躺入新漆未干的灰色木盒内

声音也承担起周围的安静

提起鼻子

却有半点悦耳

舒伯特显然也远逊于此

情绪在正午被调动起来

透着光的皮肤打开了每一个气孔

硕大之间消失不见

只得祈求雷鸣声不再被有心人提起

海边男孩

暴风雨从没有席卷过这片岛

他转身离开

不知是被哪阵风拍打上岸的

竟长着和你我相似的样貌

某次退潮时失去了双腿

在做足准备离开的海滩暗暗叹息

傍晚

远处闪烁的灯塔头一次被熄灭了光亮

那是绿色的

不愿低头的形状

试图向大海走去的人们被海水淹没了双腿，失去知觉

她却一如既往被留在原地

再一日傍晚

有人抛下捡来的石块撒腿跑开

在岸滩边刻意砌出两条腿的样式

她决心将最后一口带咸味的汽水偷赠给出逃的堆砌者

终于在某日夜里

他们都还活着

都还呼吸着

妄想者

我们的会晤

像是昨夜你在众人面前当场把我击毙的场景

跌倒爬起

白皙的胸脯袒露在外

有罪的人大声呼喊无罪的人

到底是谁偷走了手枪!

听说秃头的人明日就可以释放

留在西班牙的妄想却被判了终身监禁

偷袭者

听说

古代佛罗伦萨人从没想过用偷袭去战胜敌人

推黑色婴儿车的女人是美丽的

是在山顶偶然遇见的

五月的果树

在两只眼的日夜提防下开起了白花

围城正在对面的空地上隆起

是万能的望远镜看透了这一切

可它实在太小巧

只够嗅出新漆的门框

却始终分辨不清，到底用了哪一种颜色

夜晚

和所有熟睡人的脸一样

他们决心在神前共眠

露出满意的笑容

才算胜利

我带来的消息

他伸手递给我的最后一颗黑色药丸

我正替他保管着

如果能再次见上面

我愿意完好无损地交还给他

预料之中的假设到底是荒唐的

谁也懒得去做过多解释

道理是永远讲不清楚的鬼话

阁楼里的男士早已摘去头顶的礼帽

穿着花白衬衫露出锁骨那截

在午后闷热的角落里挑逗着早已按捺不住的心思

关着门的屋内足够黑暗

或许在那里他们可以悄悄做些什么

可下达命令从来都是愚蠢的商人该做的

这里并没有值得交换的等价故事

为了进展得顺利

他放弃了道德审判，从我的手里抢走仅剩的药丸

吞咽服下

我带来的消息（二）

透着一点光线的屋内

画作里的鸽子还未得到释放

白色翅膀成了这场关押里唯一的解禁工具

坏人的惯用伎俩就是积极证明自己曾经是个好人

不过是在路边压死一只蚂蚁的力量

没有留下什么情面

傍晚神钟敲响

请不要忘记有人在墙面留下的粗劣字迹

那是沾染在皮毛里

露出假意试探的炫耀

一切幻想都被掩埋进热闹的花园内

不值一提

我带来的消息(三)

这阵从你那里传来的雷声

把墙面的玻璃震得粉碎

事实上

不要让故事外的任何一个疯子来发问你

在最后一场暴风雨闯入的夜晚

攥紧手中的船票

跑向骤然昏暗的街道

据目击者描述

这不过又是一场无期的呼喊

就连路边的野狗也不打算继续待在原地

那些本该得逞的笑脸成了这场竞技里多余的看点

一百位先知说着一百句同样的话

"等待,请继续等待!"

我带来的消息(四)

二十九条证据

——被你驳回

我还能拿出别的什么呢

此刻,我躺着的这张床开始变得扭曲起来

就连这样笔直的身体也变得卷翘异形

光在闪闪发亮中耗尽了生命

这次

依旧是毫无分量

轻佻又苍白

终于

我决心为它献出生命

还记得那个穿黑色皮靴的男孩儿吗

可你甚至还未吻过他的唇

这不是一个符合道德的预想

也不是一个符合预想中的道德

到底谁才配做故事里的仲裁者

头顶有夜莺飞过

那一定是真实存在过的、不堪解释的

选择(二)

桌上只剩下苹果和匕首

我选择了苹果

匕首留给了你

只有痛快才是最慷慨的馈赠

非理智审判

事实上

我总在料想发生的一切故事中的故事

黑色腰带再次束起我们的口

这里没有一句看起来像真话的真话

世界上的心也总是习惯冰冷

没有人愿意守在任何一座岛上耐心数着月亮

离开成了多数选择中的选择

在遥远的高地仍可以看见不愿离开的牧民

日夜蠢笨地追赶着牛羊

谁还记得他们的名字,是爱尔兰吗?

黑色飓风是留在荒原里的真正秘密

异形人

整齐的眉目

野兽踏过的蹄痕

你在枯败的雪地里走得有些远

像是没有方向感的猎人苦苦追寻失掉手的猎物

旷野外的风也失了由头

只管猛烈地撞击

就连一块完整的平地都不愿错过

那是属于欺瞒者的快乐

是头一回钻进风箱里的快乐

我们相互凝视

透过温顺的鸟群，目睹这一切

样子清清楚楚

低飞的人

当我穿过山脉

到达红色天鹅绒般的天空

恐惧不再

我发现这里的每一堵墙面都镌刻着你的名字

神圣而庄严

番茄汁留给口渴的人吧

这一次我不想继续高谈阔论

最后一颗葡萄

我吞下最后一颗葡萄

在这个彩色的、污浊的树下

你为我留下永久的裂片,已是无法抚平

这了不起的伤痕钻进我的胸脯里

落下晶莹剔透的水滴

你转身望向我

漾出蓄谋已久的笑意

修道院在昨夜轰塌

愤怒将我们通通包裹住,发出阵阵唏嘘

透过松松垮垮的土地带来不可追述的回忆

倘若最后一颗葡萄还在

那我愿毫无保留地交还于你

鳗

长在水里的双脚来回抖落

闪闪发亮

身子，终究还是靠不了岸的

船在零点时沉没

空白的对白

我说了一千句话

竟无一句是你想听的

此刻

就在我的眼帘下

你头顶一块黑色幕布，开始最后的表演

我知道

这终将是一场没有对白的对白

因为善良

这次

车轮发出了最后的嘶叫

把一切震得粉碎

我用低沉的声音叫喊住你

伪装成善良人的样子

就连自己都被这副面孔欺瞒住了

我用我的一切爱你

我的全部思考以及我光滑的身体

就连我心里的那片湖面

也都是波光粼粼

闪烁着耀眼的蓝色

我猜测,那一定是你为我留下的

盘旋在双耳之间

某一刻我不再听到任何声响,更没有露出一丝惊恐

却早早在路人那里得知

善良,善良竟是这世上最不可靠的

从前它只是包裹着厚实的表皮

期盼在无数个日夜里侵蚀着不算完整的我

可有谁是为了看到它的忧伤而来的

只有我看见它远远躲在树下

让人毫无觉察

绿

我不想为此哀悼

这里到处是一片绿

分不清是水还是其他我所不认识的

只是翻滚着足够的谄媚，躲在隐蔽的角落里仔细端详

我的到来，显得有些不合时宜

可我并没有太多期待

也未曾想加入这样的突兀中

那一刻

我拿起早已藏掖好的匕首

仅凭午夜模糊的记忆，雕刻起你从前的样子

这样愚笨的双手裸露在外

发出短暂的嘶鸣声

却没有得到任何进展

这本可以是一桩掩人耳目的行为

他的,他们的,数以百万的痕迹都会被记录下来

聪明的孩童在马车里佯装乖巧

梦想得到笔直而坚强的树

这张煞白的脸终究也是变成了密不通风的墙

和英国病人一样的

英国病人的飞机坠毁在无人沙漠不再是什么新鲜传闻

留下沾满热气的残骸

搜救队是包裹着褐色头巾的老人

沙漠里的温热在手心里捂出久远而神秘的讯息

毫无保留地说出部落里的秘密成为这场预谋中无谓的

献计

这看起来像是一场争夺体面的恶意

被保存下来的模样早就面目全非

月光下

端着长枪的军队追寻着巴赫的琴声再次被辨认出，那

些征战多年的本领凭空消失

空气在失望中蔓延

埋进地底等着被全部揭开

红色勋章悄悄被她偷走

多年的努力都做了白费

圣泉喷涌而出的水也只够观赏一次

艺术家

躺进雪白的浴池里

那是西班牙留给我的最后一滴水

我舍不得喝

在清晨还没有亮灯的房间里悄悄咽下喉

艺术家们,是从不在清晨出现的

于是

我想见你一面成了奢望

可我忘记了我和你一样

我们都是艺术家

8.13

我知道我没有漂亮的脖颈

我向来都知道

我在四下张望被你丢弃的果子

到底长着怎样一副模样

对了,你是什么时候住进这里的

我却一无所知

你举着红花

把它们送给路过的每一个人

因此你赢得了数不尽的掌声

直到带着这些赞不绝口走了

我才意识到你是昨天夜里逃脱出去的

直到现在,无人察觉

后来

你一路奔跑,一路喊叫

声音连着喘气在风里逐渐消失了

伦敦

伦敦我是回不去了

那里的冬天实在太冷

冷得直叫人往回跑

心里也只够燃起一根蜡烛的光亮

于是我回来了

错误的选择

那些纵身跳入火海的人儿

为什么不游去水里看一眼呢

错误本身

我带来的消息显然不值一提

没有一条是关于你的

如今

这根雪白的蜡烛也在最后一次对话中决意燃烧了自己

结束它苦命的下场

留下的灰烬被饿坏肚子的人一口吞下

失尽体面

就让它们在空气中做个了断吧

在那块石雕面前

祷告赎罪

是的,这是一个错误

这本身就是一个错误

你就躺在我的脚底

这是一道微弱的蓝光躺在我的脚底

你留下的每一处文字仍然清晰可见

我并没有那么多的愿望用来告慰

就在那晚的狂欢过后

我们冲向熙攘的人群

举着从别人手里抢来的火把

丢下胜利的种子

站在这片异乡的中央

打算据为己有

这次

我竟荒唐地认为这才是故事的结尾

从你写下第一个字开始

就失去了我赋予你的信任

今天下午有布谷鸟来过

只是在我曾经种下的柠檬树前叫唤了数声便开始保持

沉默

远远的

又是他,穿黑色皮靴的男孩

提着金色笼子向我走来

没收起从前那些不肯释放的疯狂

7.22

假如我的一条腿淹没在大雨里

可星星从来都没有耳朵

假如，

假如你不愿接受这样的结局

那你将是这里最愚蠢的人

我站在屋内

看不到任何风景

假如，

假如这一切都是真的

那我将是这里最充满智慧的人

8.11

那些枯萎掉的树枝

不要急着哭泣

这里迟早会有人替代你们哭泣

我劝你收起不安

还记得我向你提起过的那些画面

绝不是为了迎合他们而刻意编造出的谎言

你也大可不必觉得这是耻辱的

在一次黑夜

我开始寻找丢失的信件

这使我获得了极大的快乐

我感到身后涌现出一片光亮

顺着脸颊流淌出来，微微发烫

我便再也忍受不住

将它们全都揉碎成一团

没有任何的埋怨

之后

我试着接受这样的局面

我从未想过去流浪

我从未想过要去流浪

哦，或许我真的想过

但我早就在半路把它杀死了

你只是我用来躲避灾难的借口

我躺在雪白的地面

有雨水落在我粗劣的脸上

就连我的脚趾也逐渐模糊不清

可如今我算是失了记忆

绝口不提我们的秘密

我透过一层窗纱

像个不知身份的偷盗者

小心翼翼，截获先哲们的讯息

因此——我现在想要去流浪

8.7

我无法目睹你仍带着悲恸在我面前炫耀你的苦难

这样荒唐的语气让我在一次地震中鄙夷地望向你

我和你之间不过是隔着数不尽的河流

对你，也只是无动于衷地沉默

往日的拉扯早就撕掉了厚重的外衣

而历史也习惯性接受审判者的宣告

我们等了很久，却无人站出来反驳

也许，你是因为害怕被赞美

所以在黑夜里消失得无影无踪

这恐怕是个天大的笑话

谁也不再是谁的对手

如今，就连你亲手豢养的鸟儿都失去了兴趣

只管扑腾受伤的翅膀一心走远

8.4

我贪婪地在某一次梦里

幻想和你无法弥补的疯狂

如果天堂真的存在

我一定是最快乐的鸟儿

那些苹果里爬出的肥虫正在倒向凶猛的金色海岸

留下满目疮痍的破洞

此刻,我如同一摊烂泥在地底寻找你的影子

当黑夜来临时

我开始手足无措

肿胀着眼睛,搜寻这夜晚中最卑劣的面孔

我多想同这片黑夜搅混在一起

触摸它凹凸不平的角落

可我惧怕这片黑暗

却渴望被丢弃在无人岛的想法变得愈加强烈

但这又是谁能说了算呢？

现在，我甚至还没有一件玫红色外套用来遮挡我的恐

惧

转眼，我把它称之为扭捏的愉悦

7.20

星星从来都没有耳朵

假如，

假如我的一双腿淹没在水里

假如你不愿接受这样的劫难

那你将会是这场暴雨中最冷酷的人

我站在屋内

看不到任何风景

论疼痛

你在我心里刺了一道口

样子不深不浅

然后佯装燃起白色蜡烛

携带剧毒的银针再次为我缝补未愈合的伤口

动作娴熟不够愚笨

起初他并没有做任何防备

在昏睡的午后

伤口被阳光晒得足够发烫

双手终于按捺不住

试图剥开逐渐愈合起的表皮

半天不作声响

在不经意间顺着一摊绿水同时混入空气里

样子轻盈、跳跃

却毫无知觉

快乐之后

我可能不需要永久的快乐

我也再不能为你带去永久的快乐

现在我坠落了，重新收回理智

偶尔闪现的孤岛从没为我留下任何脚印

你的奋不顾身并不是什么笑话

我该如何为你解脱

太阳吞噬了黑色的力量

把最后一点勇气都晒干了，流淌出的深色液体在我面

前

转眼我走进一片绿色丛林中

失去了方向

这里奏演着我根本听不懂的乐曲

混乱又陌生

显然，他们是想把我隔离在外

一场突如其来的盛宴即将开始

灯光打向众人的脸上

我们面前堆放着无人使用的白色瓷盘

或许我应该表现出无边的兴趣证明自己的存在

又或是在音乐结束前早早离开

困扰

当我意识到

那晚碎裂的灯泡意味着什么

那日午后摔死的鸟儿又意味着什么

现在,我都知道了

是我和你

是我和你之间一定有一个先做告别

我便不再困扰

出逃者

我是这样地爱你

以至于失了魂地丢弃掉自己

那的确是许多年前的事了

我确信

你就站在那,一动也不动

当我睁开眼时

这里仍是一片漆黑

有人在这黑夜里施舍了些许光亮

我曾幻想过的温室里,有我们悉心照料过的柠檬树

如今就只留下一片枯叶

你朝我挥手告别

我在镜子中却始终看不到你

也许在你狡黠的面目下曾经隐藏着善意的脸

我猜测那只是你用来脱身的通行证

这次,你拒绝了我的邀请

打算独自出逃

送你一朵白玫瑰

大象在我面前跪倒

至此失去了双腿

可我还能失去些什么

你不必哀号

事情的原委还无人能说清

你数次抚摸着我的头

向我展示这世上最温情的脸

可就在昨夜,你摔倒在雪地里撞毁了我的雪人

那是在暴风雪前夜,我围砌起的高墙

彻底碎成了两半

眼看在喉间生出带刺的细枝来

太阳升起后,这高墙外长满了雪白的玫瑰

而我也将隐藏起颤抖的灵魂

摘下一朵给你

燃烧

当我意识到，这一夜的裂缝向地底发出无法挽救的叹息

你呢，像是丢了性命的天鹅

把头埋进水里

隐藏起傲人的脖颈

梦里，在我湿漉的额头轻轻一吻

我站在原地，双脚失去了重心

理智的狂热使我不得不再次看向你

这是一道无法修补的裂缝就此将你我分别

我停止哭泣，奔向大海！

在太阳升起后请求得到海浪的护佑

我知道

比起你我之间的伤痛

发生在动物身上的生死告别不足以打动我

于是我渐渐习惯在黑夜里装扮成善战的勇士

你却开始抱怨起自己的无能

那绝不是你的错

是我,是我让这一切从此变得暗淡

如果可以,请借给我通往等待的梯子

看一看橙色的天空,是怎样燃烧了自己!

我想再看一次你的眼

我想再看一次你的眼

在隐秘之处

你的睫毛是我见过——最绵密纤长的

你告诉我,它只为我落泪

于是我们拥抱了彼此

我为此感动

是的,我并不愿用理智来克制

如果可以

我希望和你继续在草原奔跑

如果你也愿意

请带上你的眼睛,一起来吧

五月五

宁录

你是经验了得的猎人

借给我手枪

我却用它射击了大树

在五月的一天

丢掉你给的手枪

苹果,散落了一地

西班牙已经远去

我像一只无人认领的海鸥

踩在细软的沙土上

面无表情地望向大海

海滩、狂风

袭卷着岸边,留下一道黑影

是的,西班牙已经远去

在你用誓言堆砌的城堡里

在黎明前的车站穷追不舍是愚人的选择

此刻,车厢内鸦雀无声

滑过睡意的表层,人们四目相对

没有犬吠的吵闹和撕咬

他们在夜里相爱又在黎明前分开

等待一个久远的秘密

在西班牙的夏季

我曾爱上过月亮

我对月亮的渴望一如对你的渴望

我曾无数次爱上月亮，任由光亮浸透我整个头顶和身

躯

在漆黑的夜晚与它同坐

如同与我另一半的灵魂互相张望

那是了不起的预言

在我们还未见面之前一蹶不振

规律就此打败了规律

再唤不起精灵般的嗓音

从此，将爱隔绝在外成为你的义务

我也不再渴望爱上月亮

那是黑夜用来惩罚我的利器

我像个弱者一样寻来微弱光亮

黑夜终将它夺回

无法辩驳的沉默到底会遇见怎样的收获

我们一无所知

往后，我有幸看到天鹅露出了雪白的脖颈

我们一同坠入蓝色漩涡中

那是与生俱来的渴望在四周展开

带你去草原

子弹上膛后

猎人通常会在黎明前出发

我知道我再不能唤起你去向远方的决心

枯败的玫瑰吞噬了天空的光泽

正在松软的土地

也即将失去承载地面的重心

在被雨水反复的浸湿中,哀号,哀号

再次哀号

的确,潮湿使我们感到不安

这次,我将带你去草原

在寻常的梦里

在笨拙的语言里

在清晰的真相里

在自我虚构的幻想里

我们开始不再熟悉

愚人船

月光洒在冰面,你的影子沉入水底

云雀死了,无人知晓

我在中世纪建造的地下室等你

一起燃尽所有的快乐,不落灰烬

雨水淌过脚面

流入身体

我再次爬上荒芜的山头,绝望开始蔓延

猎人的手枪总能精准瞄向心脏的位置

不落丝毫偏差

多年后,天空从未出现过惊喜

直至飘起第一片雪花

在破落的房间内吞吐掉愚人手里的最后一根蜡烛

愚人的船是从不靠岸的

那不过又是一次没有回响的等待

多余的指教

一夜间

冰面被砸出破裂的窟窿

曾幻想赤身裸体钻进洞里

可寒冷实在令人惧怕

我也实在没有勇气与它对抗

最终我们迎来了失之交臂

明确的界限到底在哪

在你我最后的交谈里,得到答案

时间在重复编造着故事

一段接着一段

我趴下身子,俯向整片湖面

观看水下遗留的古老庭院

绿色在水底蔓延,流进耳朵里

留下持续的猜忌

多年后,我已不再需要多余的指教

坠入永恒的休憩里

精致的痛苦摆在眼前

烈日在我肩头无情地暴晒

为此,我离开了故土

冰冷的双脚也再不能得到你庇护

你走得很远,消失在晨间里

有人说,曾在大雾中遇见过你

多么难以置信啊

那一定是个美妙的骗局

此刻,太阳几乎快吞噬掉我的眼睛

我却不再惧怕黑夜

在深不可见的房间内,谋划着虚拟的故事

蔓延出无尽痛苦

那痛苦在黑夜中闪着金光,让人不得忽视它的形状

我仅凭经验抓住它

可它却并不愚笨

竟像块圆润的水滴蚕食我的心

为了阻止它的贪婪，狠心将它锁入罐中

此后

我在西西里的舞曲中安然入睡

关于你的诱导

你在深夜变作魅影从漆黑的街道走过

不让我发现

如同石头躲在墙角里静谧无声

我满眼疲惫望向路的尽头

是的,我已失去了甘于奉献的决心

也拿不出任何勇气对抗一场突如其来的暴雨

猎人还蜷缩在角落里

悄声等待善意者的救赎

这里的一切都没有再发生变化

森林还是从前的样子,湖泊也一样

你用熟识的目光注视着一切

面无表情

我甘愿在你的诱导下沉沦

空气和水都不足支撑起我的勇气

可关于你的诱导

我全盘接受

落入忏悔

孤零零的水草是无法得到安宁的

在过去,苦涩的齿轮难以脱身

纯粹的好奇心也不足以维持表面的秩序

这样的夏天不再多见了

草地潮湿,头发松软

使我陷入某种不知名的哀恸之中

跟着天地间的旋律扭转开来

我为此高兴

收获快乐并不是件容易的事

黑夜正向我起誓

渴望在午夜找寻多余的影子

肉体记忆的模糊让我们的相遇变得困难重重

孔雀之门在绿色铁网中被牢牢锁住

失望驱逐在外,绝望只得落入忏悔

在忽明忽暗之间令人神魂颠倒

可假象注定是场骗局

沉默寡言的一天给出了合理解释

找寻森林

属于我的森林,很快会找到

白色桌椅伫立在草地中央似乎显得冷酷无情

此刻,鸟儿更加明确了树洞不再是它的栖居地

遗忘是最痛快的选择

并没有什么永久新鲜的橘子

腐烂才是永恒的真理

晚饭后,我换上绿色长裙

丢掉破碎的花瓶,试图在池边坠毁

理智却无情将我驳回

沉默寡言的少数人

不再渴求公正的对谈

也不再期待无关紧要的慰问

那些冷漠的试探终究会滑向毫无用处的边缘

此后你用刻意的闪躲来回避陌生人的关切

彷徨、惊恐俱不在内

血红色玫瑰摘一次便不再神往

午夜歌喉也相继失去魅力

属于我的森林,可能再也找寻不到

有人在黑夜盗窃了我的蜡烛，那是我留下给你的唯一

物品

道理总是留有间隙的空白

凭着你我之间的回忆唤起最后一点假象

历史从不在心中停留

找寻森林可是唯一的出路

妄言本身

这次

她向冷风保证

妄言本该付出代价

那些不成形的誓言变成脚底踩碎的落叶一起糅进风里

无序的背叛

背叛怎么会分先后呢?

结局

连根拔起的不知名绿草

叫不出姓名

昨日夜里侵入的梦还遗留在唇边

每一个细节都值得反复讨论

那是我还爱着你的证据

从未见过世面的人

你对自己的魅力毫不知情

尽情在我的岸滩搁浅

事实上，我总在料想发生的一切故事中的故事出现

送回给陌生亲密者带来的信件

从第九十九次开始

一同跟着鸽子飞走了

我便不再期待结局

那绝不是鬼怪们乐意出没的森林

保持清晰

选择在午夜闭上眼睛

我知道这会使我错过许多的快乐

每个人的夜晚都是不可猜忌的

它们各自躲在黑暗的角落里记录着过去、现在和将来

我身边曾经藏着一只鸟儿

它从不住在牢笼里

你告诉过我

事实就该是恶意本身的样子

毫无掩饰

可我还是不愿相信,这只是你捏造出的漂亮谎言

是的

我们用各自的眼泪换回一次重逢的机会

可我们将在哪里得到这次重逢

是在我亲手栽种的柠檬树下吗?

又或是在你缱绻的洞里?

留给你的尊严

我在睡梦里遗漏掉太多的字句

远方的灯塔

你已经离开这里很久了

再回头,橙色的光把我们的脸一起照得通红

是我在阳光下发现了你

你躲在天鹅聚集过的地方

满目疮痍,也要留下足够多的痕迹

此后,一阵风吹过

所有都消失殆尽

我说了很多的话却不再得到回应

你也从不沮丧,什么也没有为我留下

只是在临走前恳求我

要回自己的尊严

可尊严才值几个钱

如果我有,我一定把它交还给你

红莓花儿

从前的树上挂满了红色果实

那是你爱我的表示

如今却是光亮一片

冬天的雪狠心把它们全部带走

毫无保留

既没有留下狂热、也不再留下遗憾

真正的离别是丢失了信念的眷恋

即将踏上远行路的人

在长夜灯火中与我挥手告别

我上前拥抱住你，亲吻你的眼

醒来已是正午

翻倒的烛台燃烧起我的床沿

在这场灾难里，火光吞噬掉部分记忆

我不幸失去了动人的嗓音

只是向你比划起红莓花儿的样子

凄凉又哀婉

黑皮靴男孩

至此，我再也得不到你的消息

柠檬树也早已不在

空气中还滞留着你留下的香气

穿黑皮靴的男孩儿

请允许我再一次为你种上柠檬树

此后为它浇水、施肥

等待它的长大

在水与土之间

穿透进我曾遗失的梦

树的顶端

乌鸦遮蔽了痛苦

在树的顶端停留

玻璃与玻璃之间隔着道道细缝

狡猾的人正在清算最后一笔来历不明的财富

在充满信任的庇护下履行彼此的承诺

记忆不会留存太久,它将获得一次被公诸众的机会

你我的见面一再推迟

远方的钟声是如此的清脆,来回在街道边飘荡

陌生又厚重

永不磨蚀的爱,在哪里出现过?

大概是在树的顶端

长度

我只需要去这黑夜里走一走

便可知道它的长度

睡前告别

我们正忍受着同一片暴雨的来袭

树的顶端长满了猩红色果子

沉甸甸的垂落下来

坠入海滩的剧烈声响还在耳边震颤

那是老人留下的痕迹

辨不清楚真伪

是孩子最先闯入了宴会

狂热又莽撞

打乱了这里的所有计划

在冰冷的空气里,冲破天空的最后一道光亮

我曾试图在梦中制造见面的机会

为了摆脱饥渴的困境

他们找来未干涸的泉水

在临睡前告别

猎鹰正朝我们奔袭而来

永恒的一日

我从未设想两棵树的遇见

我从未设想的,两棵树在我面前断裂

我从未设想过两棵树一起结出果子

我从未设想在熟悉的街道

我们不再认出对方

我感到,恒久的窒息和凝固的哽咽

永恒的一日到底是哪一天

记忆冲刷着记忆冲破头顶

在赤红的模具里锻造你消逝的面容

无处复原

太阳正落向肩头

永恒的一日即将结束

疲惫替代了愠怒,在疏离的眼神中晃动

我在沮丧中细声呼喊,瘫软的身体倒向远方

来自纠扰的欲望通通不再值得怀念

在永恒的一日里

只留下深重而辽远的爱

阿尔塔米拉洞之歌

阿尔塔米拉洞已经远去

你充满诱惑的声音当作善意的提醒

拉扎罗与我在这里相遇

我在淋过的大雨里嘶声怒吼

惊扰了所有人

叫唤由此落幕

我埋怨这深刻的记忆,古老又迷人

也曾试图占据过岛上的最后一片土地

在人类初来到时,这里种满了青绿色的果子

是最后一阵呢喃声打破了持久的平静

猎人采摘完最后一颗果子返回山下

不慎跌倒

那是一种燃烧到骨髓里的疼痛

又或是一种无法描述的快感

此后交缠在一起,只留下一丝苦闷

炽烈又深沉

在入冬后的一个下午,流淌进我整个血液中

毛绒的血管里藏着我所有的心事

那是出于本能的懦弱与欺瞒

在多个不确定中为消除彼此的疑虑，重新堆砌信任的

城堡便显得十足的荒唐

阿尔塔米拉洞和我一同远去

通往黑暗的证据

昨夜,我与你一同坠落

于是我们迎来了新的浩劫

它凭借经验啃食了我的身体

从臂膀方向开始

难以下咽的白色馒头是我今日唯一的晚餐

人们在贪婪的梦里窃取圣坛的汁水

犯下不可饶恕的过错

我曾不听任何劝告走入相反的方向

将自我抛弃在田野里

我站在角落里接受着惩罚

通过一百次的自我反省换回一次自我救赎

记忆像是一条扑面而来的恶犬

朝我咆哮

通往信任的旋梯

不复存在

实际上这只是黑暗通往黑暗的证据

是我亲手将它揉碎

摊开在你面前

你被我伪装的善良所蒙骗

从今往后，我不再拥有雪白的身体以及对你的忠诚

我跌入深谷后失去了站立的能力

至此一蹶不振

忽如其来的细雨洒向屋顶

洗刷我单薄的身躯和雪白的灵魂

那是我获得的无尽快乐

如此蔓延开来

寻欢作乐

你表面上像个小丑

把自己装扮成令人滑稽的样子

站在舞台中央

我化作恶魔潜入你的身边，寻欢作乐

土地的告别

这卑鄙的、凶狠的、粗鲁的、暧昧的声音从远方传入

使我一时神魂颠倒

人类拥有最高明的语言天赋

那就是编造精妙的故事

失望使人凝结成一座雕像

厚实且坚硬

从我拥有你的那一刻开始

我就失去了爱